Cuadernos de Letras

Cuadernos de Letras

29º Festival de Creación Joven

Esta publicación ha sido financiada por la
Concejalía de Juventud del Excmo. Ayuntamiento de Soria.

Libro impreso en papel 100% reciclado.Cuidamos nuestros bosques.

lasturaediciones.com
info@lasturaediciones.com

Editado en Madrid, España.

Primera edición: julio, 2025

D.L.: M-15986-2025
ISBN: 979-13-990447-8-2

Impreso en Antequera, Málaga
Printed in Spain

Cuadernos de Letras es un libro que nace de las obras ganadoras de la modalidad de Literatura del 29º Festival de Creación Joven. Esta modalidad consta de dos secciones, relato y poesía, con sus respectivas categorías: la A, de 14 a 18 años, y la B, de 19 a 35 años.

RELATO

CATEGORÍA A — PRIMER PREMIO

TENEBRAE

Naia Morla Sánchez

Mis padres siempre decían que era un niño muy curioso, pero ¿hasta qué punto es buena la curiosidad? No debemos olvidar que la curiosidad mató al gato, o al menos eso dicen.

Recuerdo que una vez de pequeño, en Halloween, oí a unos chicos mayores hablar de historias de terror y quise escuchar quÉ contaban, pero mi hermano tiró de mi pidiéndome que le acompañase. Al llegar a casa decidí buscar alguna de esas "historias" de las que hablaban. Encontré muchísimas, todas distintas y con finales trágicos.

Me obsesioné, cada día buscaba y leía una nueva. Era pequeño y esto provocó que tuviese pesadillas cada noche. Mis padres me prohibieron usar el ordenador durante un tiempo para evitar que buscase más historias, pero, en clase, siempre que se iba la profe, usaba su portátil para buscar alguna.

Después de un tiempo, dejé de buscarlas porque me empezó a dar miedo cada paso, cada movimiento, cada respiración.

Han pasado nueve años y aquí estoy, a punto de cumplir dieciséis y todavía con algún miedo.

Nunca he vuelto a tener una curiosidad tan fuerte con nada, no quiero volver a obsesionarme como la última vez y estar otro año entero sin poder pegar ojo.

Pero, el otro día, en el instituto, nos mandaron buscar una serie de palabras, una de ellas era "oscuridad". Según mi diccionario es la falta de luz para percibir las cosas o un lugar con escasa luz o sin ella, y, no preguntéis porqué, pero esta simple palabra despertó de nuevo mi fuerte curiosidad. ¿Era esa definición suficiente para describir todo lo que esconde esa palabra? Con el tiempo, me daría cuenta de que no.

Aquel día decidí dar un paseo nocturno con intención de apaciguar esa curiosidad. Estaba todo muy oscuro y de nuevo apareció esa pregunta en mi mente, ¿qué esconde la oscuridad? Pensando en ello fui evitando todas las calles oscuras, refugiándome en la luz de las farolas.

La oscuridad te absorbe, dejándote sin campo de visión hasta que te acostumbras a ella, es una sensación insoportable, pueden pasar muchas cosas mientras estas ahí, en la negrura de la noche, sin ver absolutamente nada, solo escuchando.

Me aventuré en ella. Metiéndome en un camino de tierra, e iluminándolo solo con mi linterna, fui consciente del miedo que sentía y, aun así, la apagué. El frío de la noche se hizo muy presente, los susurros de los árboles me hicieron estremecer, las ramas que crujían bajo mis pies se clavaron en mis oídos. El sonido de los pájaros me avisaba de que seguían ahí, vigilándome. Poco a poco me acostumbré a la falta de luz y era peor de lo que me imaginaba. El camino, únicamente iluminado por la luna, creaba sombras en los árboles y era tan sobrecogedor que consiguió que encendiese mi linterna y echase a correr en busca de más luz.

Al llegar a mi casa estaba temblando. Esa noche dormí con una luz encendida.

Aquella mañana, al levantarme y recordar todo lo sucedido la noche anterior, pensé en frío todo lo sucedido y me di cuenta de que no me había pasado nada, había sido todo a causa del miedo, era solo oscuridad, no me podía pasar nada malo, ¿no?

Los días siguientes transcurrieron con normalidad. Iba al instituto y al volver a casa comía y hacia los deberes. Por la noche, salía a dar una vuelta con intención de volver al camino y apagar la linterna, pero todavía no he sido capaz.

La pregunta seguía rondando en mi mente, cada día más presente.

Hoy, como llevo haciendo varios días, he salido por la noche. Ni siquiera me he acercado al camino, solo quería despejarme. El ruido de esa pregunta en mi cabeza no cesaba, así que me senté en un banco. Fue entonces cuando se apagaron todas las farolas de la calle. Me levanté de golpe y busqué en mis bolsillos la linterna, pero hoy la había dejado en casa, porque no tenía intención de perderme en la oscuridad.

Me empezaron a llegar susurros de todas partes, como si el viento me hablase, pero no lograba descifrar lo que me decía.

Algo me golpeó la cara, fue como un azote muy fuerte que me dejó paralizado por unos segundos, hasta que escuché un sonido a mí espalda, un sonido muy fuerte, pero que reconocía. Al girarme encontré mi móvil tirado en el suelo, se me había olvidado por completo que lo tenía. Me estaba llamando mi madre. Cuando me disponía a contestar a la llamada se encendieron otra vez las farolas. Le dije a mi madre que ya iba a casa y colgué.

Al llegar, esta miró horrorizada mi cara, y se alejó de mi como si le diese miedo tocarme. Mi padre y mi hermano hicieron lo mismo.

Corrí preocupado a mi habitación y, al mirarme en el espejo, no encontré la cara familiar a la que estaba acostumbrado a mirar. En cambio, encontré un rostro que quería ser el mío, pero no llegaba a serlo. Tenía la tez pálida y agrietada, como si fuese un trozo de mármol antiguo, desgastado y roto con el tiempo; mis ojos, normalmente verdes, estaban en un tono grisáceo e hinchados; mis labios, rojos y llenos de heridas con sangre; y mi pelo alborotado y negro, como la oscuridad que anteriormente me había acechado. ¿Por qué estaba así? ¿Qué me estaba pasando?

Entonces, a través del espejo, divisé una sombra a mi espalda que cada vez se hacía más y más grande, acaparando todo el espacio de la habitación. Quise escapar, pero la puerta se cerró y se quedó atrancada, como si algo la hubiese empujado. Necesitaba salir de ahí, así que corrí hacia la ventana, pero también se cerró.

Había una presencia que me estaba invadiendo. Me miré en el espejo, cada vez tenía peor aspecto. Quería saber qué pasaba, por qué la oscuridad me perseguía, por qué me había dejado atrapado allí.

Entonces escuché un grito. Provenía del salón.

Más tarde otro. Y un último grito, del mismo lugar que los dos anteriores.

Empujé la puerta, la golpeé, le tiré cosas. Nada funcionaba, no se abría.

Esa oscuridad, esa maldita oscuridad me estaba haciendo eso. Maldije el momento en el que decidí hacerme esa estúpida pregunta. Definitivamente la oscuridad solo me había traído cosas malas.

Y entonces, dentro de la tormenta de mi cabeza, se abrió el silencio, esa inquietante presencia me dijo algo que no logré entender, me lo repitió, una y otra vez.

Se abrió la puerta y salí corriendo. Todo estaba oscuro, no había ni una sola luz. A tientas llegué al salón y con la linterna alumbré los cuerpos sin vida de toda mi familia.

Fue entonces cuando esa presencia me paralizó; fue como si alguien me agarrase, pero solo notaba un aire frío que no me dejaba moverme.

Quise gritar, pero me tapó la boca. Intenté soltarme, pero me sujetaba con fuerza.

Al levantar la mirada me vi reflejado en el espejo, pero ese no era yo. Mi cuerpo empezó a ser menos nítido y más oscuro, poco a poco me volví como esa presencia. Nadie me veía, nadie me entendía, nadie sabía que estaba ahí.

Desde entonces me aparezco en las pesadillas de los niños o, incluso, de los jóvenes o adultos. Únicamente en aquellos que conocen mi poder y me temen. Ante mi presencia ninguno de ellos duerme con la luz apagada, con miedo a que me acerque y les pase lo mismo que a mí.

Así que, ¿queréis saber a qué conclusión llegué?

A que la oscuridad te acecha en la noche, se convierte en tu peor pesadilla, no te deja dormir. Y, si te atrapa, te lleva con ella, convirtiéndote en una sombra más y dándote el poder de causar el horror a aquellos que se dignaron a preguntarse lo mismo que yo y se acercaron demasiado a la verdad.

Y sí, efectivamente, la curiosidad mató al gato.

CATEGORÍA A — SEGUNDO PREMIO

EL PACIENTE MUERTO

Naiara Pascual de la Iglesia

Lo último que recuerdo es caer hasta sentir el agua del mar, sentía los golpes de las olas contra las rocas, percibía el escozor de mis heridas abiertas con el contacto de la sal, notaba el sabor de la sal entrando en mi boca hasta llegar a mis pulmones, pensaba que al fin podría olvidar y dejar de sentir dolor.

¿Alguna vez habéis pensado qué pasaría si todo fuese distinto? Si en vez de ser la que se queda sola, fuese la que murió. Quise cambiar lo que ya estaba escrito.

En la playa en la que siempre jugábamos, en la que aprendió a andar, en la que por primera vez aprendió a surfear, en la que al ganar algún campeonato de surf yo decía ese es mi niño. Sin embargo, esas palabras escritas no se podían borrar y cambiar por otras. Alguien me salvó como si fuese un ángel de la guarda, aunque no lo conociese, para que empezase un nuevo capítulo, aunque yo quisiese acabar el libro.

Tres años después

Me dirigía al hospital, ese día tenía que atender a un paciente nuevo. Yo soy psicóloga y él era un niño de unos 15 años que acababa de sufrir un accidente de coche y que debido al golpe y la contusión cerebral me dijeron que necesitaba psicoterapia.

Entré en su cuarto y me lo encontré tumbado en su cama mirando a la nada. Parecía una persona triste y apagada, tenía una vía con suero y un pijama de hospital. En su rostro se le veía muy cansado, tenía unas ojeras increíbles, era un chico delgado, casi hasta se le veían los huesos. Su cuarto era pequeño y tenía solo dos sillitas, me senté a su lado, en la que había junto a su cama y empecé a hablar:

—Hola Benny, soy tu nueva psicóloga. Estoy aquí para que me cuentes lo que quieras y lo que necesites, como si fuese una amiga, quiero que sepas que en mí puedes confiar y que no tienes nada que temer. —Él ni me miró, seguía quieto sin hacer ningún movimiento—. De acuerdo, comenzaré hablando yo. Benny, te voy a hacer unas preguntas para ir conociéndonos, no hace falta ni que respondas, al menos hasta que no estés listo. Voy a ir de la más fácil a la más difícil: ¿Qué es lo que te hace más feliz?

De repente dijo sin mirarme:

—Me gusta dibujar.

Después de unas preguntas, algunas con respuesta, otras sin ella, le hice una complicada.

—Bien, dime, ¿qué es lo último que recuerdas antes de venir aquí?

Entonces fue cuando giró la cabeza poco a poco temblando, como si le provocase dolor, me miró y dijo:

—Ha dicho que puedo confiar en usted. ¿No me mentía, verdad? —Preguntó.

—Claro que no, yo nunca te voy a mentir.

—No estoy loco, sé que la gente lo piensa, pero se equivocan, sé lo que vi y lo que sentí, créame por favor —hizo una pequeña pausa hasta que asentí con la cabeza.

—Recuerdo perfectamente el día que hizo que acabase aquí, yo salía de casa, había quedado con mi grupo de amigos en la misma mesa del parque en la que siempre nos juntábamos. Pero antes de llegar, estaba cruzando el paso de cebra que llevaba al parque y un coche se saltó el semáforo en rojo.

Caí al suelo y sentí dolor por unos momentos y después, nada, no sentía nada... ni siquiera sentía el frío del aire al entrar por mi nariz —me decía con una voz aguda como si tuviese ganas de llorar—. Había muerto, había muerto, nadie me cree, por favor ayúdeme, todos piensan que sigo vivo, pero en mis sueños veo cosas, veo cosas que nunca había visto antes.

—Dime qué cosas son —dije con intriga y preocupación. Él no dijo nada y, con lágrimas en los ojos, movió la cabeza de nuevo lentamente, negando.

Cuando llegué a casa busqué información sobre lo que le podría estar pasando. Encontré bastantes enfermedades mentales, una en cuestión estaba más relacionada que otras, el síndrome de Cotard.

Pasaron unos días en los que no quiso volver a hablar del tema, hoy era lunes, fui a trabajar después de comer. Cuando volví a su cuarto, al abrir su puerta, le vi junto con una chica, parecía estar feliz. Le dije a la joven que nos dejase a solas un rato, que luego podía volver, ella sonrió y se marchó, Benny la siguió con la mirada hasta que cruzó la puerta.

—Hola Benny, ¿cómo te encuentras hoy?

—Estoy mejor, un poco más animado —me dijo sin hacer contacto visual.

—Escucha. Necesito que me cuentes más cosas sobre eso que sientes de que estás muerto o de que moriste y de esas cosas que dijiste que ves, sé que es difícil, pero me ayudaría a entenderte mejor.

Hizo una pausa y luego comenzó a hablar.

—Últimamente intento no dormirme por las noches, no quiero, me da miedo.

—¿Por qué? —le pregunté.

—Porque cuando lo hago, al soñar, despierto y me veo atrapado sin poder casi moverme, con una oscuridad total. Yo grito y grito y nadie me oye ni me escucha, como si estuviese bajo tierra. Hay otros sueños en los que me veo rodeado de médicos, yo intento moverme pero no puedo y los oigo susurrar cosas sobre empezar la autopsia. Muchas veces pienso que este es el sueño y que la realidad es esa. No quiero estar muerto, no quiero estar muerto, aún me faltan más cosas que hacer, ni siquiera he empezado a vivir.

—Escucha —le dije—, hoy probarás a dormirte.

—No, por favor, no, no quiero —me dijo asustado.

—Yo estaré aquí contigo todo el rato y prometo no dormirme, cuando empieces a gritar te despertaré. ¿Estás de acuerdo? No tienes nada que temer y se ve que necesitas dormir, se te ve agotado.

Esa noche cuando entré en su cuarto, él estaba dibujando en la cama y su madre estaba dormida en una silla junto a él, cogí la otra silla que había, me puse a su lado y le susurré: ¿Estás listo?

—No, tengo miedo, no quiero hacerlo.

—Mira, te he traído una cosa —saqué un paquete de mi bolsa envuelto con papel de regalo y se lo entregué, él lo desenvolvió rápido.

—¿Un libro?

—No es un libro cualquiera —le dije—. Este libro hacía dormir a uno de los niños más testarudos y activos que he conocido, nunca quería dormirse, solo quería vivir más.

—Está bien —dijo él.

El tiempo pasaba y él seguía despierto leyendo página tras página hasta que al fin se acabó durmiendo, por desgracia lo mismo hice yo.

Al día siguiente, cuando desperté, él y su madre seguían dormidos y había junto a él una mesita con un tazón de leche con galletas. Salí del cuarto y me dirigí hacia la cafetera cuando alguien detrás de mí me llamo, era la madre de Benny.

—Disculpe. Hola, soy la señora Jones, quería agradecerle lo que está haciendo, llevo semanas intentando hablar con él, pero siempre se cierra y lo notaba más serio y apagado. Solo se alegraba cuando Zoe venía a visitarle, su mejor amiga, y ahora últimamente lo veo más contento y alegre, además hace tiempo que no tiene ninguno de sus ataques.

—¿A qué se refiere con ataques? —Pregunté.

—Pensaba que se lo habrían contado, en fin, hay momentos en los que Benny se hace daño a sí mismo —dijo con una voz cada vez más triste—. Lo peor es que no le encuentro explicación, cambia las razones por las que lo hace, algunas veces me dice que lo hace porque así lo demuestra, demuestra que no tiene sangre —me conto echándose ya a llorar.

En ese mismo momento Benny se despertó, desayunó ese tazón de leche que dejaron en la mesita de comer y fue al baño a lavarse los dientes. Pero, en cuanto se miró al espejo, se vio a sí mismo escuálido, manchado de tierra y su piel estaba como putrefacta, volvió a la cama, se tapó con la manta y empezó a decir:

—Es un sueño, es un sueño, no es real —entonces se notó algo en la mano se la miró y vio algo moverse dentro de él, dentro su piel, como un gusano.

La señora Jones y yo comenzamos a oír gritos procedentes de la habitación de Benny, fuimos corriendo a ver qué sucedía. En cuanto entramos las sábanas estaban manchadas de sangre, se había arrancado la vía de la mano.

Ese mismo día, cuando todo se había calmado ya un poco, una de las enfermeras habló conmigo. Me dijo que como la señora Jones estaba aún un poco alterada, que si le podía dar yo una pastilla tranquilizante a Benny, que la iba a necesitar para la resonancia sobre las cuatro, pero que ni por asomo le dijera para qué era.

Cuando volví a su cuarto él estaba como siempre, dibujando. Me asomé para intentar verlo, pero de repente me lo ocultó.

—Tienes que tomarte esto —le dije—. Hará que te sientas mejor después de lo de esta mañana.

Se la tomó sin pensar.

Llegaron las cuatro, vinieron las enfermeras y le ayudaron a levantarse. Lo sentaron en una silla de ruedas y se lo llevaron, yo fui detrás de ellas y me quedé en la sala de espera.

Tumbaron a Benny con cuidado en la camilla de la máquina, lo ataron y le pusieron unos cascos para que no escuchara tanto ruido, además de eso también le pusieron una manta para que no pasase frío. Benny estaba un poco atontado, tenía los ojos cerrados como si estuviese dormido y empezó el proceso.

Benny en ese momento estaba soñando, soñaba que despertaba en un sitio muy estrecho que no le dejaba ni levantarse, estaba muy oscuro y no se podía mover, se encontraba en su pesadilla.

Yo me estaba quedando ya dormida cuando se abrió la puerta, salía temblando y llorando, me miró y fue corriendo a donde estaba, me abrazó y me dijo:

—No estabas, no me has despertado, me has mentido.

—Pero ¿qué dices? —Pregunté preocupada.

—Me he dormido y estaba enterrado, estaba atrapado, no podía ni moverme, gritaba y gritaba, pero tú no estabas, no me despertabas, no me sacabas, pensé que tú podrías ayudarme, que podría volver a ser normal.

Una semana después, pensaba que Benny podría ir progresando, pero a partir de ese día fue todo a peor, sabía que no se podría recuperar, no del todo, pero al menos tenía la esperanza de que podría mejorar, ya no confiaba en mí.

Un día, al llegar al hospital, vi a Zoe salir corriendo de allí, fui a su cuarto pensando que le podría haber dado otro ataque, al abrir la puerta no estaba en su cama y me empecé a poner nerviosa, pero entonces lo vi en la ventana de cuclillas, llorando. Le pregunté qué había pasado y después de una pausa me dijo:

—Se muda, no voy a poder volver a verla —se levantó y volvió a su cama—. Oye, ¿recuerdas cuando te hablé de lo que me pasó el último día antes de venir aquí?

—Sí —le respondí.

—Bien, pues retiro lo que te dije. Sí que quiero morir, quiero dejar de tener pesadillas, quiero dejar de sentir dolor, se lo pido por favor, por favor ayúdeme, ayúdeme a morir.

Le miré a los ojos y le dije que no lo haría, que jamás haría una cosa así.

Le conté una historia que ocurrió hace tres años, una historia que cambió mi vida y que pensé que haría cambiarle de idea.

Ese niño del que te he hablado alguna vez era mi hijo, era un chico estupendo siempre alegre iluminando con su sonrisa el mundo. Cuando cumplió 18 años tuvo una novia, ella era igual que él, aventurera, activa, sin temerle a nada. Sin embargo, ella acabó dejándole por el primer chico que se encontró. Esto le destrozó, se pasaba todo el día encerrado en su cuarto. Yo pensaba que estaría llorando como haría cualquier chaval de su edad en su primera ruptura, pero en vez de eso, se drogaba. Yo fui una estúpida por no darme cuenta. Murió por una sobredosis. Yo pensaba que sin él mi vida se acababa, pero seguí adelante y sé que tú también podrás, yo confío en ti.

Una semana después, antes de irme a trabajar, vi que tenía correo nuevo. Era una carta escrita por Benny:

"La vida a veces se puede pensar que es como un puzle, todas las piezas encajan unas con otras. Sin embargo, hay veces en los que una pueda destacar, esa pieza la puedes meter en el bolsillo y tenerla siempre contigo, aunque ya no la puedas tener en ese puzle al que llamamos vida, pero recuerda que siempre estará junto a ti".

Nada más leerla fui corriendo hacia el hospital, me salté todos los semáforos, nada me paraba. En cuanto llegué y entré en su cuarto, él ya no estaba ni en la cama ni en la ventana en la que me lo encontré de cuclillas llorando. Me acerqué y lo que vi fue una pieza de puzle sobre su cama. Lloré como no lo había hecho desde hacía tres años, no recordaba ese vacío, esa sensación. De repente oí la cadena del cuarto de baño y Benny salía de él, estaba ahí, estaba bien, estaba vivo.

—No vuelvas a darme un susto así —le dije mientras me secaba las lágrimas, me acerqué a él y le di un fuerte abrazo, como si ese fuese el último.

Luego él se sentó a mi lado en la cama y empezó a hablar:

—Hoy es mi último día aquí, ya me dan el alta. Últimamente me ven mejor, sigo teniendo ataques, pero los médicos dicen que ya es necesario que vuelva a rehacer mi vida. Yo creo que no lo podré hacer, ya no. Yo lo que quiero es acabar el libro.

Nada más él decir eso me di cuenta de que esta vez me tocaba a mi ser un ángel de la guarda y le expresé:

—¿Sabes que es lo mejor de los libros? Lo mejor no es llegar al final saltándote todo lo que hay sin saber lo bonita que es la historia. Lo mejor es leerla, reír, emocionarte, sentir con ella. Lo mejor es vivir, no pienses en el final, sino en la historia, en lo que haces en cada minuto, sigue viviendo.

Al día siguiente lo vi salir con una maleta del hospital y a partir de ese día nos seguíamos viendo, aunque cada vez menos. Estuvimos así durante unos diez años hasta que se casó y acabó su libro como todos hacen, viviendo felices y comiendo perdices.

CATEGORÍA B — PRIMER PREMIO

UN PUEBLO CON MUCHAS CASAS Y POCAS PUERTAS

Celia Molina Gómez

JESÚS

Aún me siguen preguntando por qué construyo mi propio ataúd. En el taller están los últimos encargos: un par de colmenas, una cuna y el susodicho. A qué esperas para empezar el tuyo suele ser mi respuesta. El atrevimiento de esos rostros urbanos se suele estampar contra un muro. El gesto incómodo suele funcionar, porque no vuelven a preguntar. Le siguen varios comentarios sobre el tiempo, un par de preguntas sobre la familia, un gesto de resignación por lo mal que está todo y hay que ver lo bien que estás, cuídate mucho. El problema son los fines de semana, cuando aparecen en la puerta a la espera de que les informe de mi progreso. A la tercera persona que viene con el hocico a husmear, cierro la puerta y me peleo con las cataratas. A diario voy tranquilo porque a los cuatro gatos que quedamos nos sobran las preguntas, nos hemos convertido en sombras.

Soy el más viejo del pueblo. Un siglo se recuesta en mi espalda, un par de piernas temblorosas que conocen los caminos, dos ojos repletos de niebla, dos orejas enfrentadas tras años sin hablarse, como la mayoría de las familias, un estómago cansado pero caliente y un pulmón que me sigue dejando comprobar el frío y apartar el serrín.

Tras una tormenta que duró varios días, un rayo partió un roble centenario y me facilitó el trabajo. Cuando llegué a casa, besé una a una las piedras que descansan en las ventanas para alejar tormentas de ese calibre. No iba nunca a las procesiones, pero cada lunes santo había un puñado de piedras bendecidas en la puerta, encima del felpudo. Al acercarse el paso, alguien se arrodillaba, agachaba la cabeza, cerraba los ojos, recogía las piedras que su mano izquierda podía y me dejaba unas pocas. Para santiguarse se utilizaba la mano derecha cuando el paso se alejaba, o para mostrar que la avaricia no reinaba en el pueblo y había piedras para todos. Nunca he sabido quién era. La cantidad de piedras variaba con los años, sin un orden aparentemente lógico. Cuando todas las ventanas estaban protegidas por la bendición, la ofrenda se detuvo. Pero ese rayo que se deslizó sobre el árbol y lo partió fue la última ofrenda que se me brindó. No tuve que pedir ayuda a nadie y había madera suficiente para los tres encargos que me hizo el rayo. Encargos que acompañan al cambio generacional y al cuidado de estas tierras. A mucha gente se le olvida, pero al final somos poco más que abono.

Hace una semana que entró el invierno, un mes antes que en los alrededores. Este pueblo tiene una altitud por la que los recién nacidos, cuando venían al mundo, daba igual en qué época, lo primero que su cuerpo decía era un escalofrío. La montaña que aguarda el pueblo solo deja de estar coronada por nieve el mes y medio que dura el verano. El último niño que nació aquí fue mi hijo, hace más de medio siglo. Su madre se empeñó en dar a luz en casa con la mujer anciana que había ayudado a su respectiva madre. Hasta el alcalde vino a amenazarnos con llamar a servicios sociales por no querer ir al hospital. Cómo va a ayudar a traer alguien al mundo una anciana que está ciega y hace tiempo que no tiene fuerza para emitir sonido alguno. Sois unos imprudentes. Cómo se os ocurre. Pobre criatura. Pensad en vuestro hijo. Es el único hijo que traéis al mundo y os la jugáis de esta manera. Qué valor. El niño nació, tuvo su primer escalofrío y se echó a llorar. Tardo más de lo habitual en abrir los ojos. Veis lo que habéis provocado. Ahora el niño está ciego. A ver si así vais al hospital. No seáis pueblerinos. Cuando llegó la primavera, nacieron unos ojos azules brillantes. Eran del color que tiene el agua en el nacimiento de un río. Un agua cristalina en la que se refleja la luz del sol y te deslumbra. Esos ojos nos deslumbraron y tuvimos que frotarnos los ojos para poder volver a mirar. Milagros, la partera, nos recomendó que no sacáramos al niño a plena luz del día porque eran unos ojos tan sensibles que podían dañarse. La gente empezó a hablar. No sacan al niño para que le dé el aire. Le están ahogando. A las criaturas les tiene que dar la luz del sol. Un par de médicos oftalmólogos llamaron a nuestra puerta. No les abrimos. Le sacan por la noche, como si en vez de un recién nacido tuvieran un búho. Esos ojos nunca se oscurecieron, pero fueron capaces de ver al zorro que se acercaba a los corrales. También vieron a una pareja de lobos que rondaban por la noche. La gente acudía a él para que les vigilara el corral, la nave o sus propias casas. Se fue encariñando con esos animales. La noche no pesaba en su cuerpo. Se sentía ligero cuando el sol desaparecía y podía mirar con intensidad. Fue el último niño que nació en este pueblo y el encargado de cerrar la escuela. También es el hombre más joven que vive por aquí.

No tomé medidas para el ataúd, pero no hizo falta. La aproximación a veces es más concreta que las mediciones exactas. Al mediodía me echaba una pequeña siesta y encontré que dormir en aquel roble era de lo más revitalizador. El cuerpo descansaba y se iba preparando. Uno de esos hocicos un día me pilló desprevenido, con la puerta abierta y los ojos cerrados. El pánico campó a sus anchas y el sonido de la ambulancia me despertó. Medio pueblo se reunió. Vaya ideas tienes. Menudo susto nos has dado. El rapapolvo que les eché a ese hocico y a esos expertos del coche con luces fue tal que me quedé afónico y con dolor de cabeza varios días. El invierno, por fin, alejó a los veraneantes y pude seguir con mi trabajo sin interrupciones.

MILAGROS

Pero para poder mirar profundamente se necesitan las manos. No llegas a ver algo del todo hasta que lo tocas. Te sientes mirada cuando por fin te tocan. Te tocan y empiezas a ver al otro. No ves nada cuando no te detienes a observar. El ver es detenerse a ver, decía la filósofa del sur.

Hasta los cinco años nadie se dio cuenta de mi ceguera. Las faldas de madre eran donde nunca tropezaba. El olor de los animales me indicaba hacia dónde debía ir y, sobre todo, dónde se me necesitaba. El cantar de los pájaros me decía qué hora era y me prevenía de las tormentas. Esta niña va dando tumbos. Cómo se puede ser tan torpe. Eso sí, cuando se acerca un temporal, lo sabe y jamás ha fallado en sus predicciones. No sé cómo lo hace. Esos gestos tan raros que hace con la cabeza. Menudas legañas tiene. Tan mayor y sin saber vestirse. Raro es el día en que coincidan los calcetines. Aprendí a diferenciar los tejidos al escuchar a la tía Manuela. No volví a hacer esos movimientos tan relajantes con la cabeza. Fui domesticando la mirada para pasar desapercibida, para que nadie me viera.

Tenéis quince minutos para hacer un dibujo de vuestra familia. Esta niña es muy tocona. No sé de dónde ha salido. Más que un dibujo parece una fotografía, qué maravilla Milagritos. ¿Me pasas el verde? ¿Y ahora el rojo, por favor? Escuchaba a mis compañeras y veía qué colores se necesitaban. Durante un tiempo fui la pintora de colores raros. Ahora le ha dado por preguntarme por los colores. ¿En qué se diferencia el verde de las hojas del roble del verde de las hojas del chopo? ¿Cuántos azules pasan por el cielo a lo largo de una mañana? Cuando la lumbre calienta mucho, ¿se diferencian el rojo y el naranja? ¿La lana de las ovejas es más blanca al final de la primavera? ¿Qué color tiene un recién nacido? Cosas de niños, no te preocupes. El marido de la maestra resultó ser el médico del pueblo. Mis padres echaban pestes de los matasanos y no querían verlos ni en pintura. Solo saben que decirte malas noticias. Si no hay remedio, para qué quiero saber nada. Fíjate lo que le pasó al tío Narciso. Estaba tan pito y cuando empezó a tomarse los medicamentos nadie lo reconocía. El doctor Colón vino cuando llevábamos dos semanas aprendiendo las letras y los números. Era incapaz de repetir y averiguar las formas que esos símbolos tenían. Tampoco veía lo que escribían en la famosa pizarra verde, verde del color del envés de las hojas del tilo. Era la primera vez que la mayoría veíamos a un médico en carne y hueso. No solían acercarse mucho al pueblo ni nuestras familias nos llevaban. Venía a recoger a la maestra cada tarde. Vivían en la ciudad. Nos pusieron en fila para ir pasando por el doctor Colón, que tenía aparatos brillantes, alargados y puntiagudos, como los dientes de la tía Manuela.

Se quedaba con cada niña lo que tardaba un ruiseñor en hacer un reclamo y recibir respuesta, unos quince minutos. Les pesaba, medía, abría la boca, tocaba el pecho, miraba los oídos y buscaba en los ojos. Fui la última. ¿Ves los animales que hay en el cartel? ¿Cuáles son? ¿Qué letra es esta? ¿Qué ves en la ficha? Mira hacia la luz. Acércate.

La maestra vino a casa al día siguiente, al salir de clase. Mi madre estaba preparándose para ir a limpiar la cuadra. ¿Puedo hablar un momento con usted? Milagritos es una alumna ejemplar, muy trabajadora. Llevo un tiempo observándola y me parece que tiene una sensibilidad especial, pero también me he ido dando cuenta de que a la hora de aprender a leer y escribir algo no estaba funcionando. Resulta que ayer vino mi marido, el doctor Colón, a la escuela para hacer un reconocimiento médico a las niñas y Milagritos, que dios la bendiga, la pobrecita, no pudo ver ninguna de las figuras que le mostraba. Después le hizo una exploración más detallada y desgraciadamente concluyó con una ceguera parcial grave. Le gustaría hablar con ustedes para poder llevar a la niña a la ciudad a un médico oftalmólogo y ponerle el remedio que esté en manos de la medicina. Lamento darle esta mala noticia, pero no se preocupe porque en la escuela haré las adaptaciones necesarias y podrá seguir el temario sin problema.

No volví a ir al colegio. Cada mañana madre se empeñaba en quitarme las legañas, que cada vez se volvían más duras y pegajosas. Durante el día, no salía de casa. Cuando se hacía de noche, acompañaba a madre a la cuadra y cada día me mandaba hacer una cosa diferente. La maestra estuvo viniendo cada tarde durante mes y medio para insistir en que necesitaba ir al colegio y que las niñas preguntaban mucho por mí. Le enseñaré todo lo que le hace falta para seguir adelante. No vuelva más por aquí se lo pido por favor. Cuanto menos le dé el sol, antes se podrá recuperar y volver a ver.

Al principio me pinchaba a menudo cuando cosía y bordaba. Los huevos quedaban estrellados en el suelo a menudo cuando iba al corral. Pero las patatas cada vez las pelaba más rápido y la piel era más fina. Pero qué ropa más blanca y estremada, me decían en el lavadero. Fueron solo tres ovejas las que se perdieron. Aprendí a contar con garbanzos. Cortar queso ya no me producía heridas. El suelo brillaba más, casi casi como los aparatos del doctor Colón. La leche de las vacas rara vez se me cortaba. El polvo de las esquinas iba desapareciendo. Los botijos ya no llegaban a casa medio vacíos. Los espejos reflejaban la luz del sol que las cortinas permitían. Las vajillas no sufrieron grandes pérdidas. Madre se puso de parto. La tía Manuela era la partera del pueblo y me dejó acompañarla. Madre se puso muy enferma y al niño no le vi la cara.

JULIÁN

Un bigote negro. Del color del hierro justo antes de que el pico le hincara el diente. Así de negro. Ni el tabaco le quitó el tizón de la boca. Los agujeros de la nariz y el labio superior no veían la luz desde hace muchos años. De hecho, no se sabe a ciencia cierta dónde acababan los pelos de la nariz y cuándo empezaba el bigote. Las cejas también estaban superpobladas, arrojándose sobre las pestañas como un nadador tirándose de cabeza a una piscina olímpica. Algunos pelos blancos se mantenían firmes como antenas de televisión buscando la señal. Se podían contar, no llegaban a diez, pero cuando les daba el sol deslumbraban a cualquiera. Los ojos eran grises, del color de la ceniza después de haber sido ascuas toda la noche. Dicen que de niño eran verdes como las hojas del chopo, pero se fueron oscureciendo con el tiempo por el humo del tabaco. En su caso, el rumor que afirmaba que la nariz no paraba de crecer se confirmaba. Los ojos no tuvieron más remedio que distanciarse y el bigote tuvo que resistir cada vez más peso. Igual por eso las carcajadas no resonaban tanto como antes, el labio superior se abalanzaba sobre el inferior y costaba más abrir la boca del volcán. Los coloretes no se le fueron nunca. De pequeño la timidez le pintaba las mejillas y cuando a los trece años probó el vino, sustituyó la pintura por el calor del alcohol. Cada oreja apuntaba a una dirección diferente. Eran pabellones tan amplios que según como soplaba el viento, indicaban un pueblo diferente. Ningún pájaro anidó en sus orejas porque él mismo se encargaba de espantarlos. Tenía que dar un pequeño salto para subir a su furgoneta y echar el asiento para atrás para poder ir cómodo. En misa el cura tenía preparado un sillón para cuando se confesaba, tenía las rodillas destrozadas y no podía agacharse. Si sigues comiendo tanta carne tus articulaciones lo notarán y te costará cada vez más moverte, fue lo que le dijo el último médico al que fue, hace diez años. Su tos ronca y cada vez más persistente anunciaba su llegada. El humo constante que le rodeaba también era una señal de que estaba cerca. Rara vez se le veía sin un cigarro en la boca. Si pasas por la noche cerca de su casa puedes escuchar el respirador que le mantiene despierto desde que era un chaval. *El peluquín de Julián es la boca de un volcán, si lo frotas sale humo, si lo tocas cobrarás.* Eso cantaron tres generaciones de niños, cuando la escuela todavía funcionaba. La norma era cantar la canción con la a si te lo encontrabas cuando estaba solo, cantar con la e si estaba fumando, con la i si iba en coche, con la o si se tocaba el peluquín y con la u si venía en su caballo. La complicidad hizo que Julián nunca conociera su canción.

La verdad es que desde siempre me ha encantado ayudar a mis vecinos y hacer de este pueblo un lugar mejor, más próspero. Ya en el colegio me elegían de delegado para ir a hacer los recados y las cuatro responsabilidades que nos mandaban. No era mucho de estudiar y así me sentía importante, me gustaba ir a pedir tizas y pinturas a la tienda de la Remedios. Lo de apuntar en la pizarra quien hablaba cuando se iba la maestra ya me gustaba menos. Había algún diablo que montaba la de dios con el lanzamiento de tizas y yo quedaba hecho un cristo. Los palos que me daba mi madre al volver a casa eran de campeonato. Sigue viniendo cada verano y a mí me viene la imagen de ese niño con todo el pelo lleno de tiza y la ropa manchada. Bueno, lo que te estaba contando. Somos un pueblo muy pequeño o una gran familia, como lo quieras ver. Nos conocemos todos y si tienes algún problema, por pequeño que sea, no tengo la menor duda de que encontrarás a alguien que te eche una mano. Ya sabes dónde está mi casa. Sí, sí. Aquí hace mucho frío y no se nos conoce precisamente por nuestra cercanía y calidez de trato. Pero oye, nadie se quedará con hambre ni pasará frío por la noche si nos viene a hacer una visita. Bueno, sí, antes éramos más vecinos, más que los pueblos de al lao, que ahora parece que llevan toda la vida siendo tantos. Cuando la escuela estaba abierta se respiraba de otra manera, qué quieres que te diga, eso da mucha alegría. Ver a los chiquillos llenar las plazas, correr por las calles y hacer alguna trastada, claro que se echa de menos. En verano ya es otro cantar, vienen todos los veraneantes y parece esto el metro de la capital, todos como sardinas en la plaza. Además, desde el Ayuntamiento hacemos multitud de actividades para que se lo pasen estupendamente y se acuerden todo el año de su pueblo, es una gozada verlos la verdad, la verdad que sí. Por eso queremos apostar por proyectos como este, que traigan gente, que haya movimiento y se pueda volver a abrir la escuela. De momento podemos adelantar que serán treinta puestos de trabajo los que traeremos al pueblo. Pondremos las casas del Ayuntamiento a disposición de los trabajadores y sus familias a un precio muy económico, claro que sí, hay que ofrecer facilidades para que este pueblo vuelva a ser próspero y puntero. Os recibiremos a todos con los brazos abiertos y una buena manta. Priorizaremos a los trabajadores que tengan una formación cualificada y que tengan una familia numerosa. No importa que hayan vivido toda la vida en la ciudad, haremos todo lo posible para que la adaptación sea rápida y fácil. Estamos poniendo el pueblo a punto y tendremos todas las comodidades de las que gozan los que viven en las grandes ciudades. No las echarán de menos, se lo aseguro.

MARINA

Menos entierros y más bodas. En el pueblo todo el mundo reconoce las campanas a muerto. El pobre y el cardenal, todos acaban igual. Deberían tocar las campanas cuando nace alguna criatura. Pero aquí en este pueblo, del que nadie se acuerda, solo suenan los muertos. Asegúrate de que las toquen. Nada de coronas, cuatro flores del prado y ya está. Esas estructuras de plástico feísimas que a los dos días dan pena verlas no por dios. Mejor morir en día soleado pero que haga frío, con un poco de viento si puede ser. El deslumbramiento y el aire en la cara para recordarle a la gente que sigue viva. Pues así fue. Volví al pueblo para enterrar a mi abuela. Comida para los gusanos, eso es lo que somos al final. Y no pasa nada, hija mía. Piensa en todos los animales que nos hemos comido a lo largo de la vida, lo mínimo que podemos hacer es ofrecer nuestra carne a los que habitan la tierra. Eso sí, que me pongan bien lejos de la que tu bien sabes, espero ir a su entierro. Ese cementerio es tan diminuto que no cabemos, con los pocos que somos. Las casas cada vez más grandes y el moridero, una caja de cerillas. Nada de un nicho, a mí que me echen tierra encima para que no me pueda caer. Aunque sea una vez al año me limpias la lápida, que da mucha lástima ver esas tumbas abandonadas. Los hijos de la pobre Filomena han sacado sus huesos por no pagar la miseria que cuesta. Ya ves, por no dar ni un euro al ayuntamiento sacan a su madre. He calculado lo que cuesta el alquiler de la tumba durante cincuenta años y tienes el dinero en el cajón del baño, debajo de las toallas. Para que no te preocupes y para que nadie escriba en mis huesos. Que eso está muy feo. Se cumplieron los deseos de la abuela.

No había horarios. Por casa pasábamos a comer, merendar, cenar y poco más. Las mañanas estaban llenas de misiones que cumplir. En el río, en la piscina, en los huertos, en la dehesa de la Tomasa, en la ermita, en los portalillos, en las eras, en las escuelas. Por las tardes teníamos que estar más cerca de casa porque se hacía de noche. El pueblo era nuestro. Después de cenar todavía había un ratito para poder jugar a pistas, llenando de tiza el suelo aprovechando que las calles estaban vacías. Los padres estaban en el bar y los abuelos durmiendo. Los días eran infinitos. La vuelta al pueblo grande y gris cada vez dolía más. Nada de salir sola a la calle y mucho menos después de cenar. Ten cuidado. Es peligroso. Se hace de noche muy pronto, a casa. Estaba segura de que el reloj rosa con la correa de cocodrilos funcionaba diferente dependiendo donde estuviera. Incluso la edad era diferente. En verano adelantaba cinco o seis años a las niñas de mi clase. Entendía que unos cuantos días festivos seguidos se llamaban puente porque había que atravesarlo para poder ir al pueblo. Solo en una ocasión me crucé a una niña del pueblo en la ciudad. Entre las dos había una ventana a un lugar que solo las dos conocíamos. Nos mirábamos y a nuestro alrededor aparecía el río, medio seco en verano y la plaza. Veíamos el suelo lleno de tiza. Se escuchaban las herramientas del tío Jesús. El chirrido de la puerta de la casa de la Remedios, la de las chuches. Veíamos a Julián con un cigarro en la boca. Las dos nos reíamos y susurrábamos: *el pelequén de Jelén es le beque de en velquén, se le fretes sele heme, se le teques quebrerés.* Las dos nos reímos y en las mejillas nos pintaron dos manchas rosadas. Las palabras no nos salían más allá de la cancioncilla, no intercambiamos ni una frase, estábamos viendo al pueblo en medio de la ciudad. Todavía quedaba mucho para el verano y teníamos que agarrarnos a esas imágenes. Durante un tiempo, en invierno había muñecas y en verano martinis con limón. También se cruzaron más muñecas con besos con sabor a tabaco. La más madura y desarrollada con abrigo, la que no se atreve a probar los porros en bañador. Mi primera borrachera la guardé en un cajón. Se creían que porque mi abuela era ciega no se daba cuenta de nada. Una botella de Martini con Kas limón a repartir entre dos. Al volver a casa las calles habían crecido y no tuve más remedio que ir de lado a lado para comprobarlo. Tras varios intentos, la llave encajó. La abuela estaba dormida. Había llegado el ancla a la habitación, esa que hay que amarrar cuando la cama sale a bordo y el mar está revuelto. El olor a salchichas con tomate, gusanitos, Kas limón, Martini y tabaco me despertó. No encontraba el origen de esa mezcla tan apetitosa. Estaba más cerca de lo esperado, en la mesilla de noche. En medio de la noche tuve la brillante idea de vomitar en el cajón vacío. Mi abuela apareció por la puerta con cuatro bayetas, un par de estropajos y un cubo con agua caliente y jabón. Se sentó en la cama, que ya había aterrizado, y lo limpié en silencio. Sabía que si imponía la ley seca no formaría parte de las cuadrillas. La próxima vez me avisas, no hace falta perder el conocimiento para divertirse. Una rodaja de limón entre cada cubata y un vaso de agua. Al día siguiente te acuerdas de todo y estás como nueva. No le diré nada a tu madre, pero hazme caso. La casa de los espejos era nuestra durante dos meses. Mi madre solo venía la última semana de verano, a las fiestas. Negociábamos las horas de llegar a casa a escondidas de ella. A la vuelta, no podía parar de hablar del pueblo en el instituto. Pero llegó Elisa y el pueblo empezó a desteñirse y a coger otro color. Un color que no había visto nunca.

REMEDIOS

Se piensan que esto es su casa. Llaman a cualquier hora por la noche. Sus padres están en el bar y no se enteran de nada. Llaman al timbre para pedir unos cuantos hielos y varios licores con los que calentar sus noches. Les tengo dicho que a partir de las doce y media no se les ocurra aparecer por aquí. Pero ni caso. Siguen insistiendo. Les he dicho que a la próxima no les vuelvo a abrir. Utilizaría la amenaza de decírselo a sus padres, pero no tendría la más mínima consecuencia. Cada vez empiezan a beber más jóvenes. No tienen hora de marchar a casa y no saben qué hacer. Se meten en la peña hasta que se aburren o vomitan. Dame un litro de leche anda y un poco de fruta. La sal, hija, que se me ha acabado a última hora. ¿No tendrás aceite? Dame lo que tengas de carne. Sí que tienes caras las judías verdes. Azúcar, necesito azúcar por favor que se me ha ido el santo al cielo cocinando y se nos ha olvidado comprar. Dos chicles y unos gusanitos. Un melón, una sandía, una fresa, dos cocacolas, una bolsa de palomitas y una cantimplora. Tardaba más en levantarme del sofá que en despachar. Tonterías de última hora. En eso se convirtió mi tienda. Olvidos de la gran compra. Gasolina para la noche. Cuatro chucherías con las propinas. Los niños eran los que me visitaban por las tardes. Pero nos encanta el pueblo. La comodidad de una tienda con un horario flexible.

Venga, va, qué te cuesta Reme, ábreme. Da igual que estés preparando la comida ni que estés en la siesta. Eso sí, en las fiestas, todo el mundo al pueblo grande que tiene supermercado. Cómo creen que se sustenta esta ruina de tienda. En cuanto pueda, cierro. Eso digo cada verano y no hay manera. En dos meses tendré cuarenta años en cada pata. Ya es hora de bajar la persiana. Pero si no me cuesta nada. Y luego me enfado y convoco a todos los santos de la iglesia. Las piernas no me tiran, a misa me acompaña Milagros. A la médica voy de ciento al viento, cuando le toca venir y porque está enfrente de mi casa. Poco más. Es la ventana que tengo para seguir viendo al pueblo. Para ver a esos niños como crecen de verano en verano. Esos dos meses son cuando la sangre se oxigena para seguir bombeando a un ritmo más lento el resto del año. Al otro lado del mostrador se ven tantas cosas que engancha. Al mismo tiempo te gustaría no ver otras que, por desgracia, te toca presenciar. Cada vez tengo menos cosas para vender, lo mínimo para sobrevivir y que no salga a perder. En invierno vienen los cuatro que estamos y nos vamos apañando. Son pocas las conversaciones que se oyen cuando nieva y la piel se convierte en una capa de escarcha. Las cuidadoras son las encargadas de rellenar los frigoríficos de los cuatro gatos. Cruzan océanos y mares para acabar en este secarral. Es como si viajara cuando hablo con ellas. Me explican sus vidas allá y me hablan de sus familias. La tienda se llena de acentos desconocidos pero cada vez más cercanos. Majísimas, oye, majísimas.

En el pueblo hay dos barrios, la umbría y la solana. Dicen que la cantidad de luz influía en las personalidades de los vecinos. La oscuridad se agarraba a los rostros de los vecinos de la umbría y el gesto era más cabizbajo, decían que el sol les ofendía. En cambio, en la solana, los huertos iluminaban los caminos y la luz brillaba en las pieles gastadas por el sol. Nunca llegamos a los mil, pero varios cientos sí que éramos antes de la gran escapada, cuando las escuelas estaban hasta los topes. Al pueblo se llega por una carretera llena de baches y curvas. La gente, cuando llega, tiene acumuladas las curvas en la boca y no tienen más remedio que echarlas al río. Es lo primero que ves nada más llegar, el río, cada vez más seco. Sin contar con el lavadero, que está a mano derecha. Ahí las mandaron a lavar para que no enseñaran ni una pizca de carne. Todo eso con la promesa de que era para protegerlas del frío y las inclemencias del tiempo. Inclemencias las de su cabeza. Después de la escuela, iba a ayudar a mi madre a recoger la ropa. El cancionero era infinito, cada día encontraba una nueva melodía. Le traían la ropa del hospital del pueblo grande y se encargaba de dejarla más blanca que las nubes en primavera. Ella insistía en que en el lavadero se acumulaba más humedad y que era más triste, no había lavanderas, pajarillos, revoloteando por las ramas y tardaba más en secarse la ropa. Ahora el lavadero lo han reformado y dicen que es un museo. No he bajado. Parece ser que todo tiene que ser visitable ahora. Qué se les habrá perdido aquí. Mi madre tuvo la enfermedad de las lavanderas, esa que te convierte los huesos en huesos de pájaro. Por eso decidieron abrir la tienda, para que no tuviera las manos húmedas y las rodillas destrozadas. Me construyeron mi propio lavadero. La maestra bajó de propio a casa a decirle a mis padres que me mandaran a estudiar, pero ya habían comprado la tienda con todos sus ahorros. Para qué va a estudiar la niña, le estamos dando el futuro que necesita en un sitio caliente. Eso de estudiar es para los hijos del veterinario y el médico. Nosotros lavamos y labramos la tierra, el papel lo utilizamos para secar las patatas y para apuntar los pedidos. Se tendría que ir fuera y quién nos cuidará cuando nuestras piernas fallen. Así lo hicieron nuestros padres y así lo haremos nosotros. La maestra me miró con una mirada que no olvidaré nunca, sus ojos querían abrirme un camino y me ofrecían una mano para acompañarme. En un papel me dio su dirección. Escríbeme.

FERMÍN

Soy el último hombre que nació en este pueblo. El último también que nació en casa, lejos de los hospitales. El último niño que acercó al mundo Milagros, la partera. Fue un parto en silencio. Era lo único que pedía ella. Silencio y un vaso de agua, cuanto más fría mejor. La escuela también se cerró conmigo. Durante tres cursos seguidos era el único alumno. No se ponían de acuerdo, algunos querían cerrarla y otros se oponían. Llegó una carta de la ciudad y llegó con ella un autobús, un coche de línea se decía en aquel entonces, que me acercaba al pueblo de al lado para seguir estudiando. Cuando eres el encargado de cerrar escuelas y épocas, empezar algo es muy difícil, además de extraño y lejano. Mi pobre madre sangró mucho en aquel parto. Aguantó diez años en cama. Los diez años con el sabor más dulce que recuerdo. Rara vez entraba luz en casa. Las ventanas se abrían por la noche, cuando el sol no me producía dolor de cabeza. Dicen que cuando el sol caía con fuerza, nadie conseguía distinguir mis ojos transparentes, solo se veían dos puntos negros que se movían a gran velocidad, dispersos, buscando quién sabe qué. No jugaba en la calle con otros niños. En mi año no nació nadie y la niña que me precedía me llevaba cinco o seis años. Jugaba por la noche, cuando el silencio reinaba, los animales salían y la ventana de Milagros iluminaba la calle. Cuando el primer rayo de luz asomaba el hocico, era hora de ir a dormir. Los búhos nos llamaban. El *lechucín* me llamaban. Cuando me obligaron a ir a la escuela no entendía por qué se vivía con luz y con ruido. El ruido de los camiones y las conversaciones repetidas día tras día. Con lo bien que se respiraba en silencio. No era capaz de escuchar a los animales ni al viento con semejante trajín. Cuando el médico venía a visitar a madre, marchaba a casa de Milagros, a la casa de los espejos. Nadie sabía cuántos años tenía. Eran tres las generaciones a las que había traído al mundo. Dicen que tuvo un hijo pero que se perdió cuando era niño. El pueblo le daba la espalda. Este es un pueblo con muchas casas y pocas puertas, decía ella mientras merendábamos leche con galletas. Más que una conversación, la tarde se llenaba de diferentes preguntas y enunciaciones separadas por largos minutos. El espacio para imaginar y darle forma a las palabras era elástico. Era incapaz de conseguir esa elasticidad en el tiempo más allá de la casa de los espejos. ¿Qué pájaros oíste hoy? ¿Qué te parece más oscura, la palabra negro o la palabra azabache? ¿Cuál es la parte de la naranja que más te gusta? ¿Sabes que por aquí cerca vivió una monja que se carteaba con el rey de aquel entonces? Cuando las preguntas se agotaban, cogía un libro y me leía. Tenía una biblioteca inmensa y una lupa también inmensa que acercaba las letras a sus ojos cansados. Después de las lecturas, sugerencias de las lecturas. ¿Qué te sugiere este párrafo? ¿Este verso en qué paisaje lo ves? Ahora pensemos este poema desde el punto de vista del copo de nieve. En mi casa no había ningún libro. Pensaba que nadie tenía, que era un objeto más de la escuela, que era un objeto exclusivamente de la escuela, así como tampoco había visto pupitres, pizarras ni esqueletos humanos fuera de allí. Milagros fue muy poco tiempo a la escuela. A pesar de la insistencia de la maestra, sus padres decidieron que la escuela no era el sitio para una niña medio ciega. Mis padres fueron a la escuela desde los seis hasta los nueve años. Tres años sentados. Aprendimos lo necesario para seguir adelante, decía a menudo padre. Si no eras el hijo del médico, del veterinario o del farmacéutico, olvídate. Durante un tiempo salí del pueblo y fui a la gran ciudad a estudiar, pero no aguanté ni la mitad de la carrera. Las tardes volaban mientras me paseaba por los museos, las librerías y las salas de conciertos, pero no oía a los pájaros y no había ningún rebaño cerca. La ciudad atemorizada a mi padre y nunca vino a visitarme. Me di cuenta de que era un cuerpo despoblado en medio del ruido y volví a casa. Una carta al mes era suficiente para contarnos los días. Las palabras justas para dos páramos con forma de hombres. A veces pienso en aquellas cartas, las releo a menudo. Fue el momento en el que más hablé y conocí a padre. En el pueblo, un par de frases adornaban el día y poco más. Pero en aquellas cartas, creamos un espacio que se parecía al de la casa de los espejos, creamos un lugar donde poder decir aquello que el frío y la niebla impedían. Terminé a distancia la carrera. Con Milagros la comunicación de aquellos años consistía en enviarnos libros que habíamos leído. Subrayábamos las frases, los párrafos y los versos que más nos sugerían y metíamos el libro en el sobre. El libro volvía de nuevo con nuevos subrayados, de un color diferente. Siempre utilicé el lápiz y ella inventó un código de colores para subrayar lo que me quería decir. Para sobrevivir en la ciudad y en el pueblo tuvimos que inventarnos diferentes códigos para poder estar tranquilos.

CATEGORÍA B — SEGUNDO PREMIO

UNA TORMENTA DE REALIDADES

María Aguilar Pérez–Llantada

Una tormenta estrepitosa. Una tarde repentina. De haber sido cualquier otro día, te diría que no me había fijado en la hora, pero no es el caso. Eran las seis y treinta y uno de la tarde. Me acuerdo porque pensé en el pronunciamiento de Torrijos de finales del reinado de Fernando VII. Un dato insignificante para muchos, de no ser porque tenía la intención de poner fin al absolutismo; algo muy considerable hoy en día.

El tiempo no era ni demasiado frío como para ser verano, ni demasiado cálido. Un punto intermedio, con una brisa bastante agradable. Este fue el motivo de mi sorpresa al ver que el cielo se cerraba tan rápido, escondiendo el sol y pudriendo la ciudad. Un cielo añil ennegrecido con nubarrones que oscurecían ampliamente el paisaje. Como cuando dejas una manzana mordida al aire y vas viendo cómo, al cabo de una hora, ha cambiado a un color marrón arrugado. Da igual lo brillante y deliciosa que hubiera estado esa fruta antes. Lo único que importaba es que ya no estaba igual de apetecible.

A través del cristal de la ventana del salón se podía observar cómo chocaban las gotas de agua con fuerza contra el suelo, rozando el granizo, pero permaneciendo líquidas. Tengo suerte de estar dentro de casa. Si hubiera estado fuera, podría haber sentido el constante impacto contra mi cuerpo y habría estado enfadado el resto del día.

El viento ya se hacía notar. Tanto que los árboles se mecían con gran ahínco sin tener en cuenta a los transeúntes que pasaban por debajo de sus copas. Las hojas colgaban de ellas como un niño enrabietado que quiere soltar la mano de su madre para salir huyendo de la regañina. Los rayos de lluvia se superponían por encima del paisaje, como si de un cuadro de Van Gogh se tratase: pinceladas cortas y ligeras. Una cortina de agua es lo más parecido que existe. Las luces de la ciudad hacían las gotas coloridas, siendo transparentes para el ojo en cualquier otro momento del día. Se oían pequeños chillidos de niños en contacto con la lluvia, algunos de sorpresa, otros de miedo y muy pocos de alegría. Muchos otros pequeños simplemente lo usaban como excusa para amarrarse al brazo de su mamá. No les culpo. Yo también lo hubiera hecho. Los truenos rugían al compás de los rápidos relámpagos y los pitidos de los coches ponían sonido de fondo a la tormenta. Se podía percibir el aura del caos en cualquier dirección. Los coches circulando alocadamente, las baldosas resbaladizas, los niños saltando en charcos –una pesadilla para muchos padres–, los adultos corriendo tapándose con el objeto más absurdo que tenían entre las manos, evitándose unos a otros como si fuera una carrera de obstáculos; semáforos vibrando en ámbar que poco a poco iban apagándose... Una locura, vaya.

"¡Qué bien se está en casa!", pensé.

Me acomodé en el sofá y encendí la tele con la intención de dejar de escuchar semejante estruendo. Me gustaría decir que funcionó, pero no lo hizo. Encendí el móvil y me puse a pasar imágenes sin prestar la suficiente atención. Probé con Instagram, esa aplicación del diablo que solo muestra la cara bonita del mundo. Vi la primera historia: un perro saltando en el jardín de su casa felizmente con la lluvia de fondo y una canción alegre. Demasiado alegre. Pasé al siguiente usuario: un vídeo de las gotas resbalándose por el cristal con aire melancólico. Dos o tres historias más similares me hicieron dejar el móvil apartado y volver a mirar por la ventana. Así que me levanté del sofá –esta vez con mayor esfuerzo– y regresé a contemplar el panorama.

Miré el cuadro exterior con más detalle. Me fijé en aquellas personas que estaban refugiadas debajo de la parada de autobús. Había un hombre con un impermeable calado de dudosa calidad, una señora mayor preocupada por no mojarse el pelo, cubriéndoselo con un folleto de periódico (irónicamente); un hombre corpulento que había encontrado el motivo perfecto para quejarse del cambio climático, y un par de adolescentes con capuchas a los cuales no recomendaría acercarse mucho. El autobús no venía. Si en los días lluviosos había retraso, imagínate en los días de tormenta. Pasados dos minutos todo seguía igual debajo de esa tejavana, así que miré hacia otro lado.

Las tiendas proyectaban la única luz cálida y acogedora de toda la calle. Iluminaban la escena, siendo la tormenta para ellas una gran estrategia de marketing, si lo piensas. La gente entra ahí cuando se tiene que refugiar de algo. O de alguien. Es el sustituto del parque para los niños. Los padres no tienen ni siquiera que gastar dinero. Basta con ver y hacer tiempo dentro. Es un buen plan improvisado, de estos que se han puesto tan de moda actualmente entre la gente joven. Ya te llevaré algún día para que lo pruebes. Puedes traer a quien quieras, no tengo problema con eso.

De pronto, mi mirada estaba puesta sobre un anciano que tenía la cabeza cubierta con una boina de estructura parecida a una gorra, protegiendo sus ojos de la lluvia. En una mano portaba su bastón. Se veía usado y notablemente doblado. Era de madera, pero de acabado poco pulido. En la otra mano cargaba una bolsa de supermercado que parecía llena de frutas o de algo lo suficientemente pesado como para generar una fuerza descendente. Inconscientemente, mis ojos me llevaron hasta él. Tras pensarlo durante bastantes minutos –y créeme, fueron más de diez–, me di cuenta de que veía en él un reflejo de mi futuro yo. No pude evitar pensar en lo sólo que me sentía y en las pocas ayudas que voy a tener a su edad. Cuando uno es joven, piensa que lo va a tener todo solucionado y que sólo se va a tener que preocupar por seguir vivo. A mis cincuenta y nueve años, ya puedo afirmar con certeza que eso no es así. Creo que por eso me da tanta impotencia ver las historias de Instagram de los jóvenes, *influencers* y adultos romantizando una vida que no es para nada la real. Porque de ilusiones no se vive, y aquel anciano bien lo sabía.

Bueno, en fin. No te voy a mentir, las tormentas son una mierda. Salir de casa es una odisea, pero intentar volver a ella sin acabar empapado es misión imposible. Es como la típica relación tóxica que no puedes evitar. Si te toca, te toca.

Pero qué te voy a decir a ti, mi gran amigo. Vienes de tan lejos que habrás soportado miles de tormentas, a cada cual peor. Sin embargo, míranos. Después de tanto tiempo esperando, casi perdimos la esperanza. Tú de sobrevivir y yo de que llegaras vivo. ¡Menos mal que ya estás aquí! Tengo muchas ganas de enseñarte cómo es la vida en esta ciudad, su cultura, su gastronomía y su gente. El español es un idioma fácil (*al menos para mí, claro*). No te preocupes, acabarás haciéndote con él. Si estás pensando en buscar trabajo... bueno, de eso hablamos más adelante. Quizás el clima te vuelva loco, pero te aseguro que los días de sol los gozarás como si estuvieras en el paraíso...

Eso es lo que te prometieron, ¿no?

****

Esta historia es la que le habría gustado escuchar a mi amigo Baraka al llegar a mi ciudad, si no hubiera muerto en esa misma tormenta aquel día en mitad del Mar Mediterráneo; junto a otros miles de personas que sólo trataban de encontrar una vida más digna.

Nada más y nada menos que la verdad.

POESÍA

CATEGORÍA A

TODO LO QUE ODIO DE TI

Carlota Sanz de Blas

Odio la forma en la que me hablas,
como si no supieras lo que me duele,
un día me esquivas, cruzas las balas,
al otro me buscas como si algo te puede.

Odio tu ropa, tu forma de andar,
esos vaqueros que de moda saben nada,
y odio aún más tener que aceptar
que te ves bien aunque no sepas ropa combinar.

Odio ese gesto al peinar tu cabello,
tan descuidado y lleno de desdén,
pero odio aún más mirarte en silencio
y pensar: *"¿por qué le queda tan bien?"*.

Odio que sepas cómo me siento
cuando yo apenas sé cómo hablar,
y odio más cada maldito momento
en que finges sentir algo y yo vuelvo a dudar.

Odio tu voz cuando hablas de amor,
como si supieras algo que yo no,
pero odio más que tras cada rumor
yo aún te sueñe sin ningún pudor.

Odio reír contigo sin pensar,
cuando por dentro todo se rompe,
y más odio tener que callar
las lágrimas que nadie me responde.

Odio que faltes sin explicación,
que no seas claro ni digas adiós,
odio saber que no es posible una relación
ni historia que acabe con un "los dos".

Estoy harta. Por eso te diré la verdad:
te odio tanto que me pongo enferma,
tanto que incluso me haces rimar en este poema.

Y sonará contradictorio,
pero lo que más odio, es no poder odiarte,
ni siquiera un poco,
ni siquiera un instante,
ni siquiera del todo,
porque lo que más odio es amarte.

CATEGORÍA B

¡SOLO, FIRME, RUDO Y FIERO!

Álvaro Hernández Millán

Se está acabando el mundo
huye la luz y el recuerdo,
se nubla el sol y sopla el aire
sobre el cielo de mi pueblo.

Solo, triste, roto y cuerdo…

A cantar otras canciones
tuviste que irte tan lejos,
a buscar otras pasiones
y a perderte en otros vientos.

Y mientras mi amor se avienta
por la sierra y junto al ciemo,
que guarda entre sus raíces
los huesos de mis abuelos.

Me revelo ante tu huida,
te sigo escondiendo dentro,
propietaria de mi herida
y pena de mis sentimientos.

Solo, triste, roto y cuerdo…

Me aferro a mi cobardía,
me alimento del recuerdo
de tu piel junto a la mía,
tus caricias en mi lecho.

El brío y la gallardía
se marcharon hace tiempo,
de un alma que no es la mía,
de una tristeza bravía,
si te alejas de mis sueños.

Solo, triste, roto y cuerdo…

Lombriz que horada la tierra
a la sombra del centeno,
en la orilla de los charcos,
contemplando su reflejo.

Morir de mi letanía
colgado de algún anzuelo,
machacada mi osadía
en el buche de algún cuervo.

Solo, triste, roto y cuerdo…

¡Me ciño a mi travesía,
solo, firme, crudo y fiero!
¡Acopio mi rebeldía
y me encabrono por dentro!

¡Vacía tengo la andorga,
porto el hambre en cada intento!
¡Desdeño la pleitesía
y desprecio el sometimiento,
de la esperanza que blandía
y me enterraba en el cieno!

¡Solo, firme, crudo y fiero!

¡Lucho el pan de cada día
y cosecho lo que siento,
rememoro mi alegría
y la atrapo en un cuaderno!

¡Brego contra el alma mía,
contra el fragor de mi cuerpo,
rescato mi valentía
y abandono mi silencio!

¡Solo, firme, crudo y fiero!

¡Recuerdo que todavía
tengo fuerza y sentimiento,
soy audacia y soy coraje,
bajo el sudor de mi pecho!

Se ha obstinado la paciencia,
de mantener el lamento,
ahora vuelvo a ser quien era
¡SOLO!
¡FIRME!
¡RUDO!
¡FIERO!

ÍNDICE